CROCO

SMART.
COLOR

SMART
COLOR

Motorcycles

SPORT CLUB

SMART COLOR

RACING LEAGUE

CHAMPIONSHIP

SMART COLOR

CAR

SMART COLOR

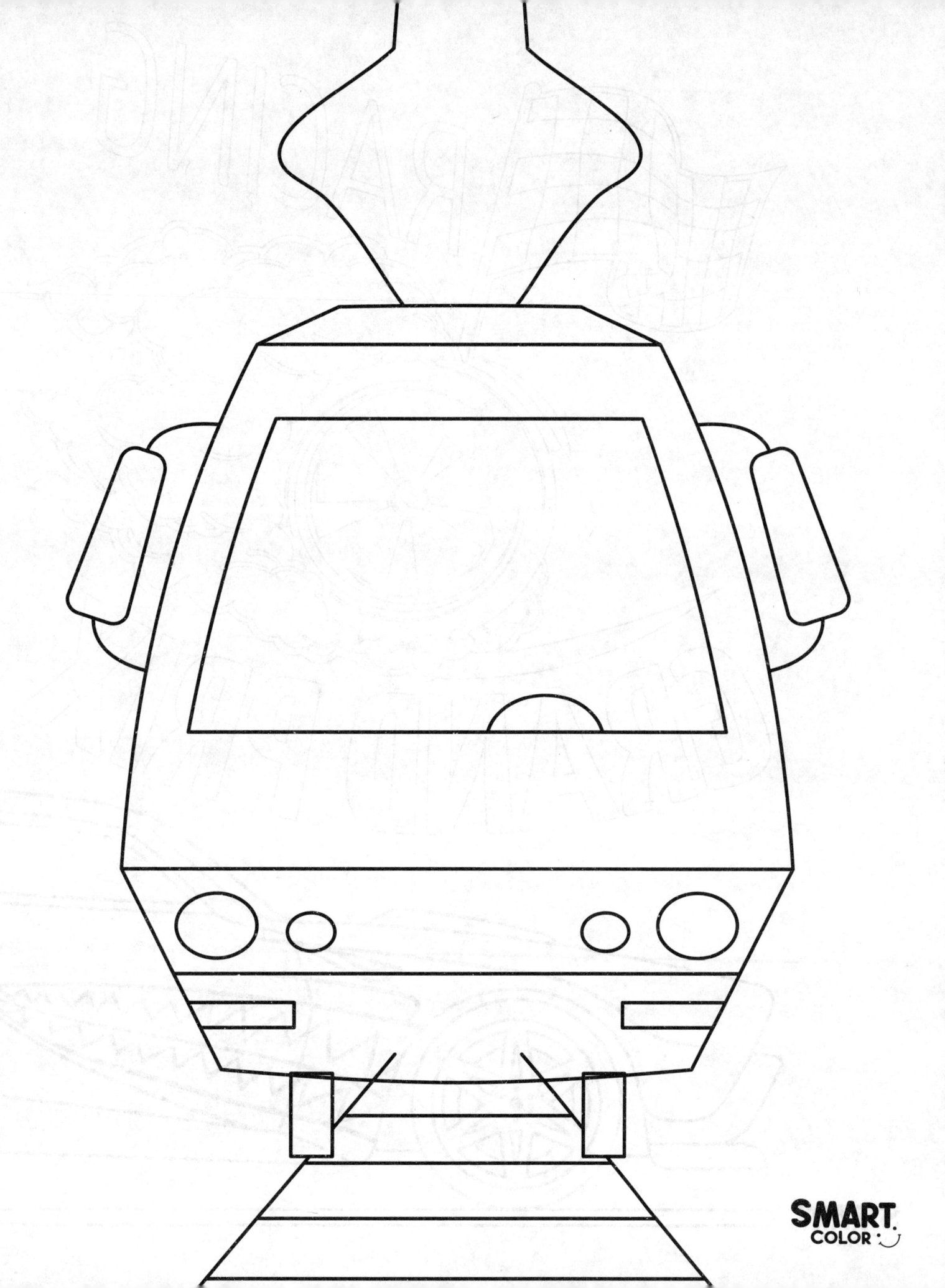

SMART
COLOR

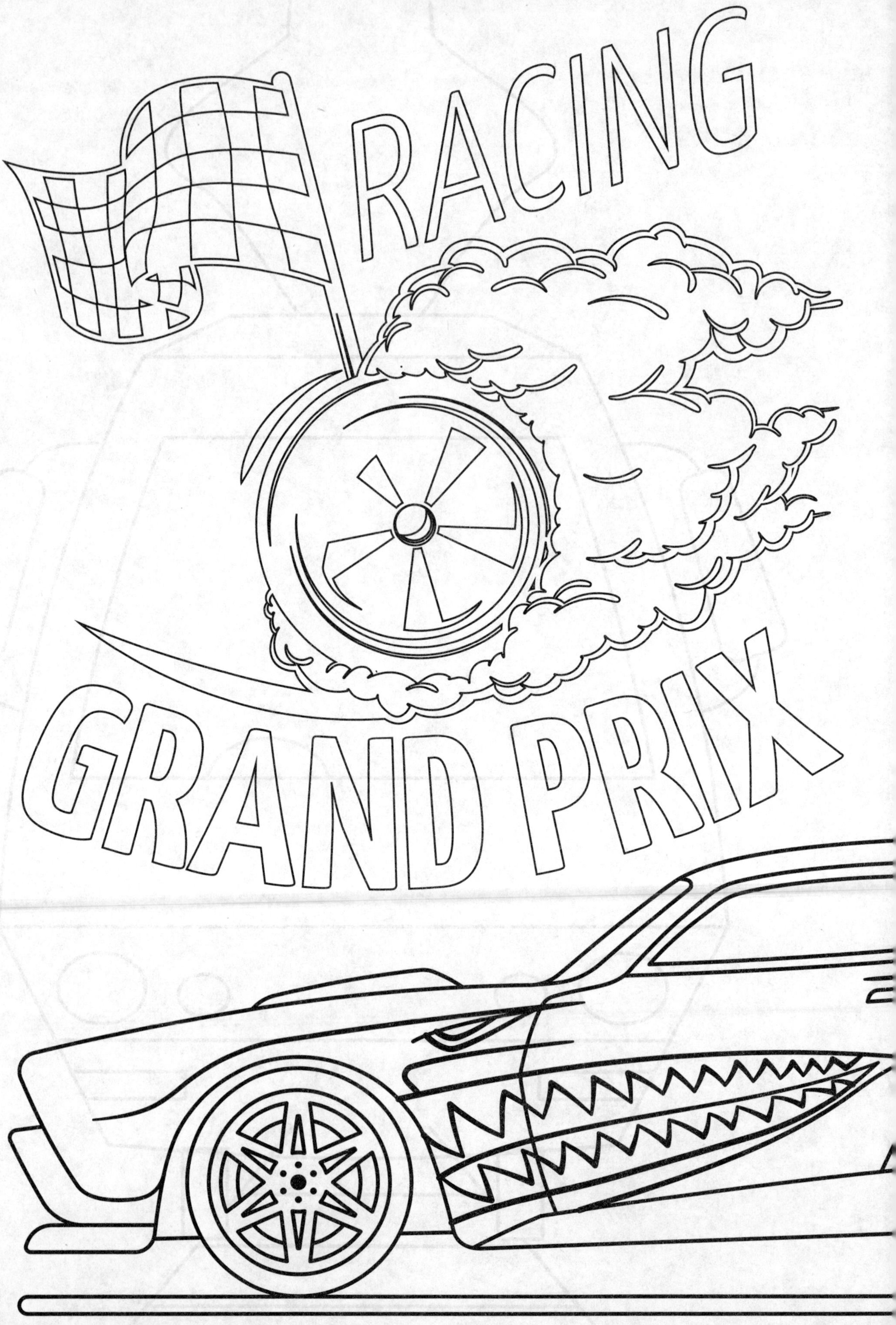
RACING
GRAND PRIX

SMART
COLOR

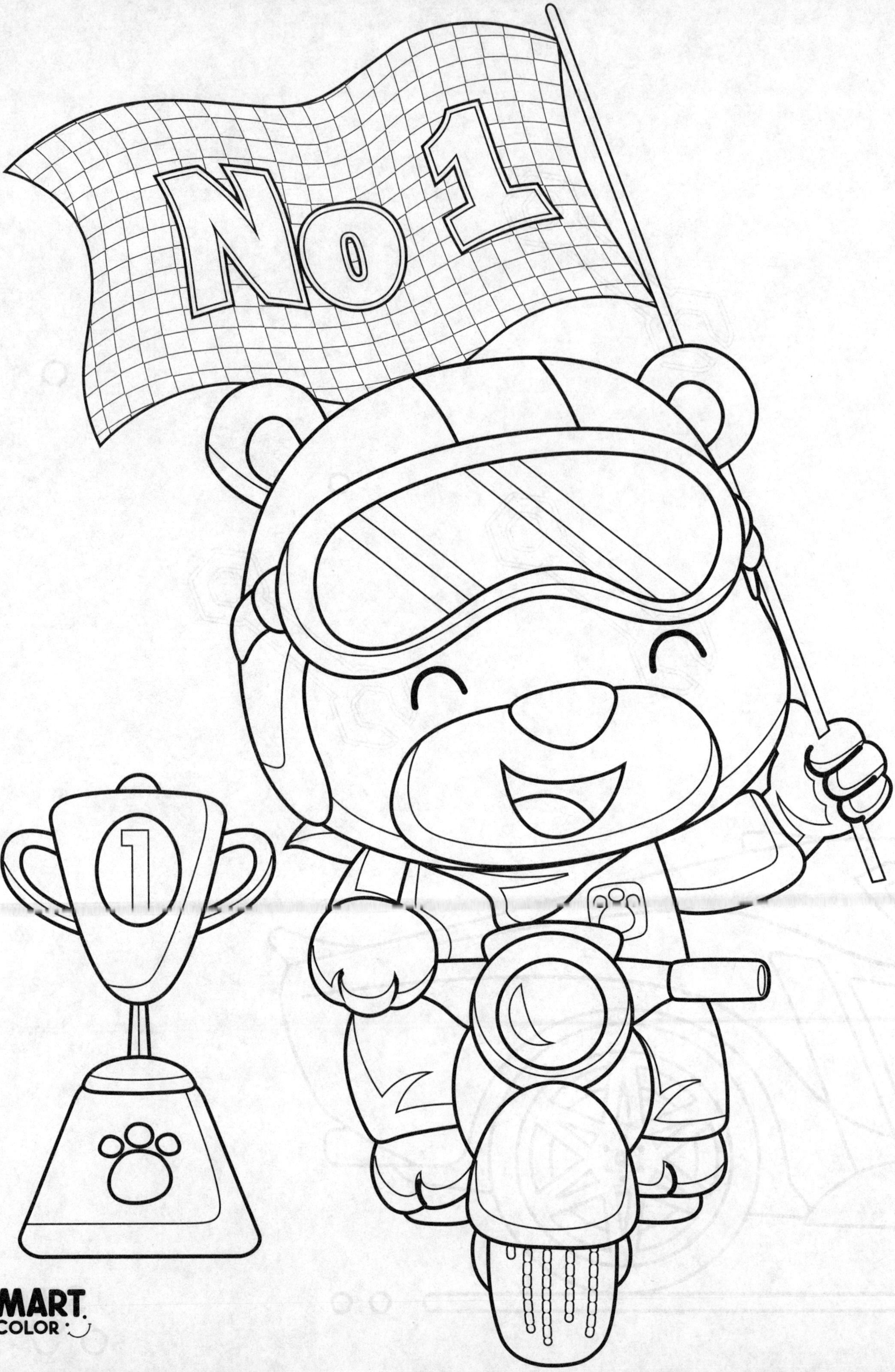

SMART COLOR

MOUNTAIN
BIKE

SMART COLOR

SMART COLOR

SMART
COLOR

SMART
COLOR

SMART
COLOR

SMART.
COLOR

SMART COLOR

SMART COLOR

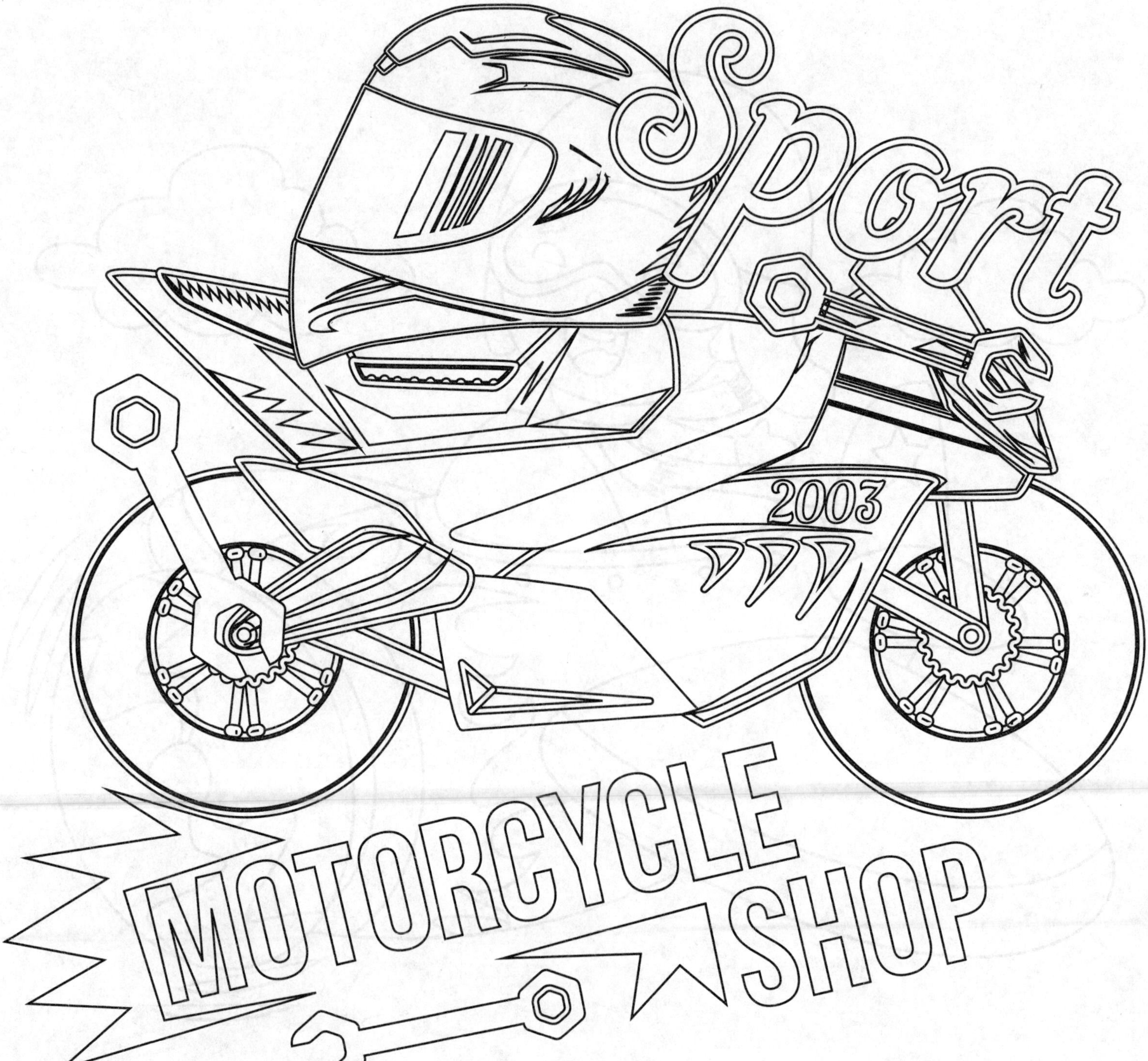
Sport
2003
MOTORCYCLE
SHOP

SMART COLOR

American Hot Rod Speed Race

SMART COLOR

WORLD

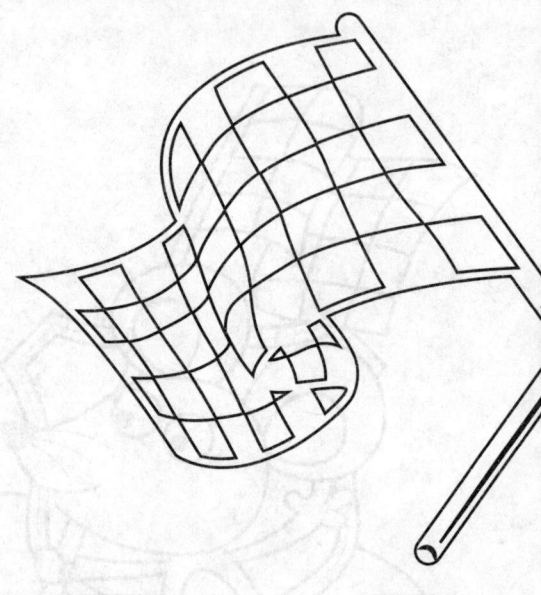

Los Angeles RACING

RACE

SMART COLOR

SMART
COLOR

SMART
COLOR

SMART
COLOR

SMART
COLOR

SMART COLOR

TRAIN

NAVY SEAL PATROL

AIR FORCE

AIR FORCE

SHARK 03

SMART
COLOR

SMART COLOR

SMART
COLOR

CHAMPIONSHIP RACING SERIES

SMART COLOR

SMART COLOR

SMART
COLOR

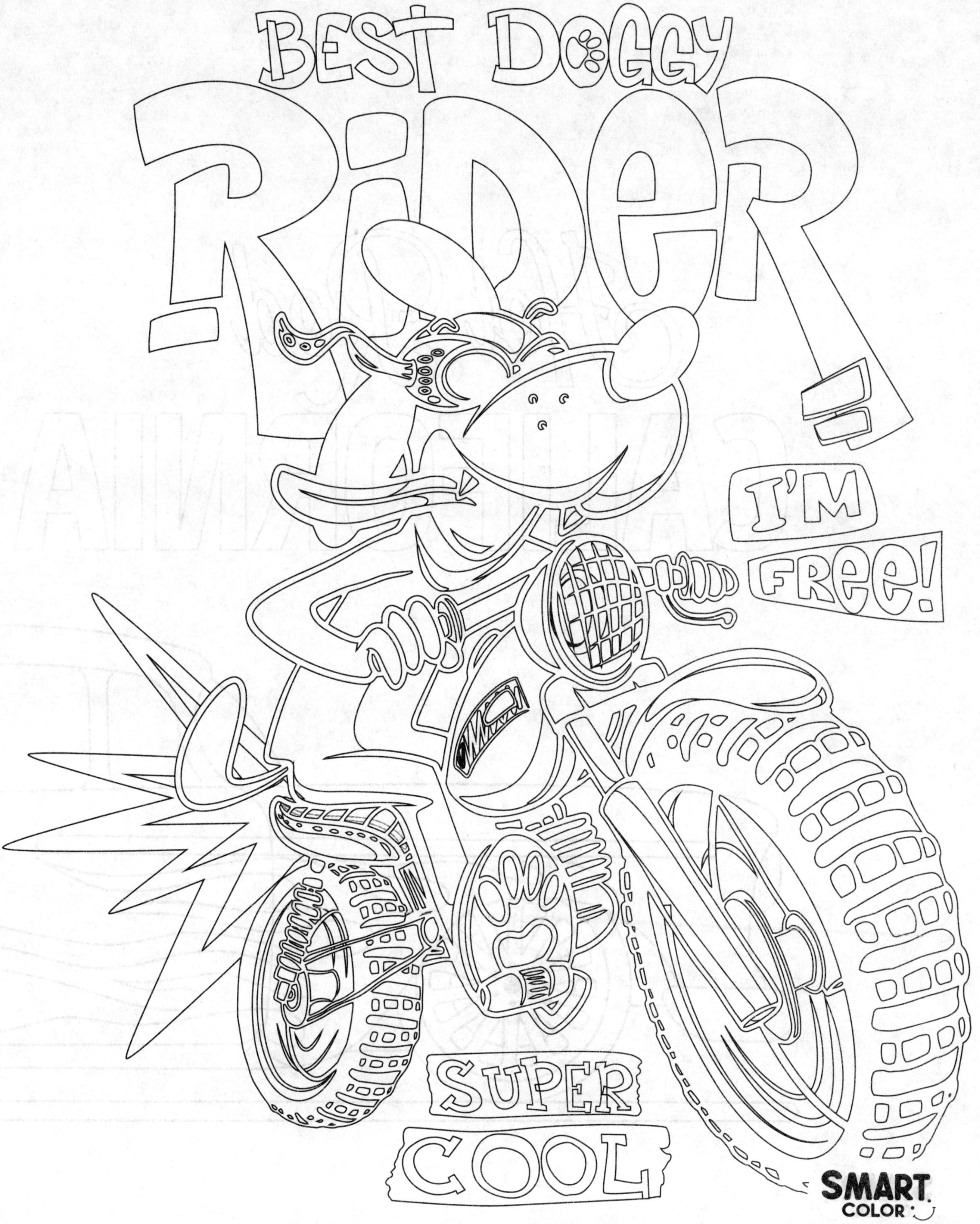
BEST DOGGY
RIDER
I'M
FREE!
SUPER
COOL
SMART COLOR

Hot Rod CALIFORNIA

VINTAGE RACERS

Classic Cars

SMART.
COLOR

SMART
COLOR

TEAM PROTECTION RIDERS 63
CHALLANGES

EXTREME SPORTS DIV.

SMART COLOR

SMART COLOR

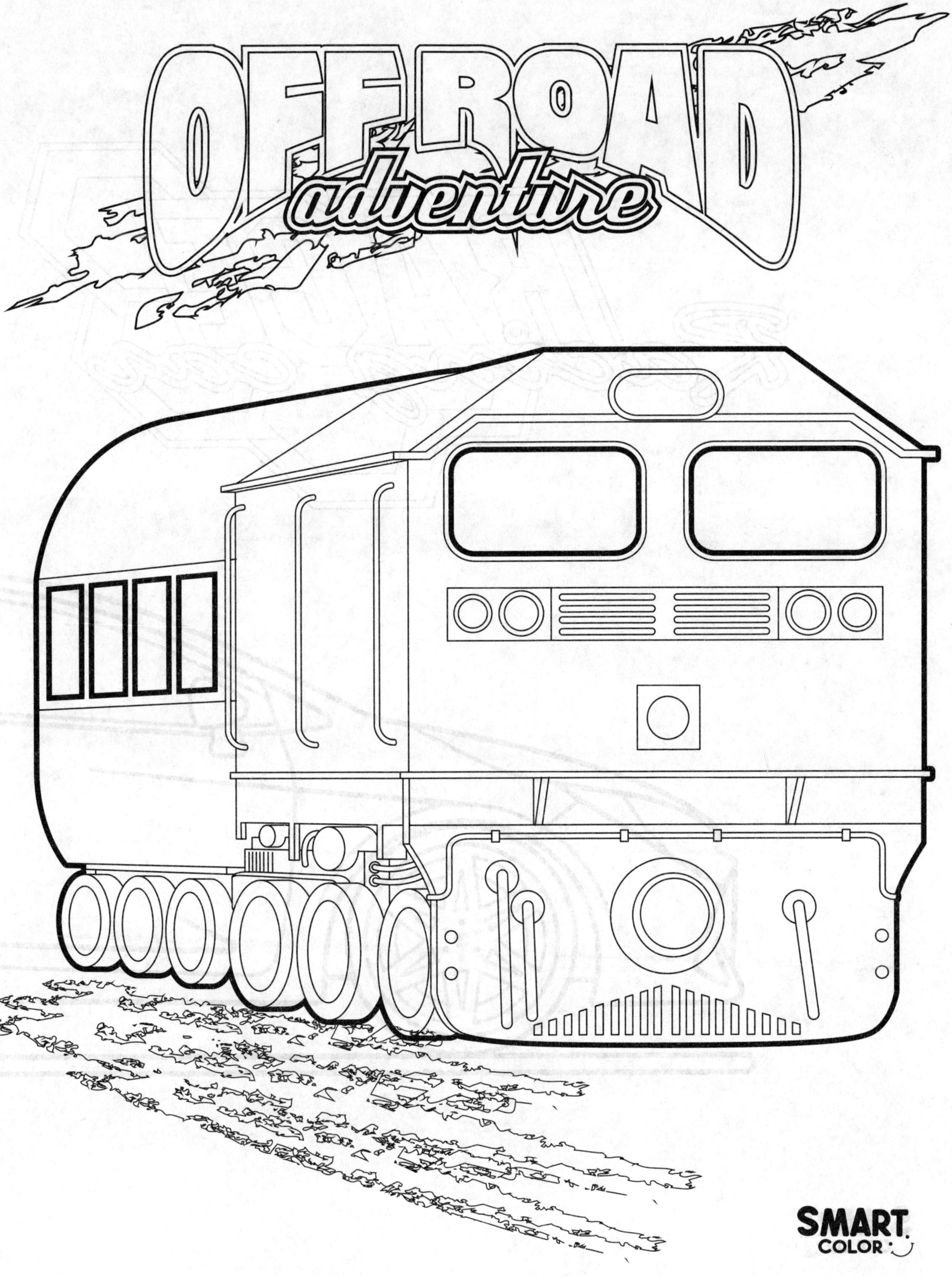
OFFROAD
adventure

RACE
Racing car

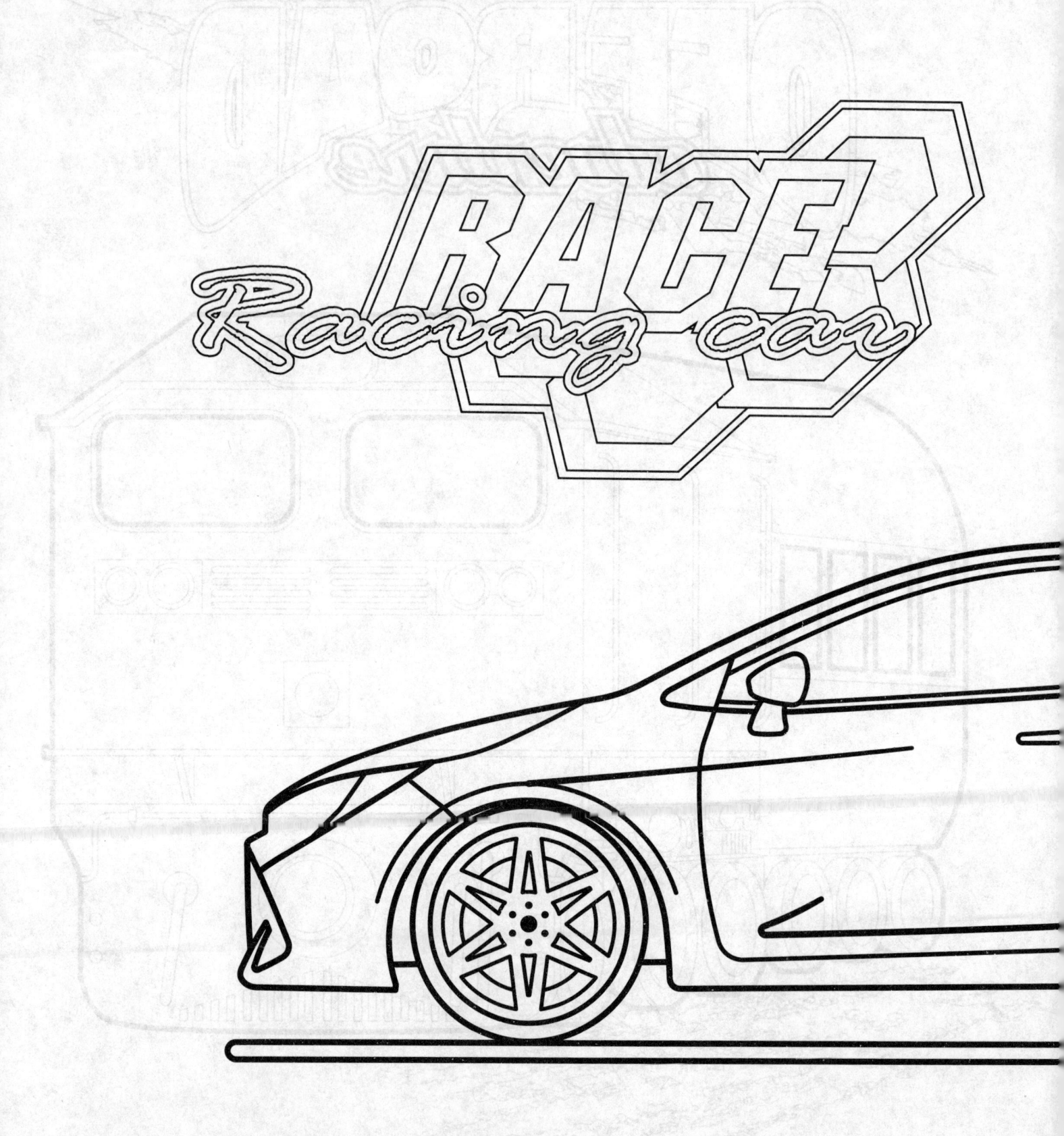

AUTOMOTIVE

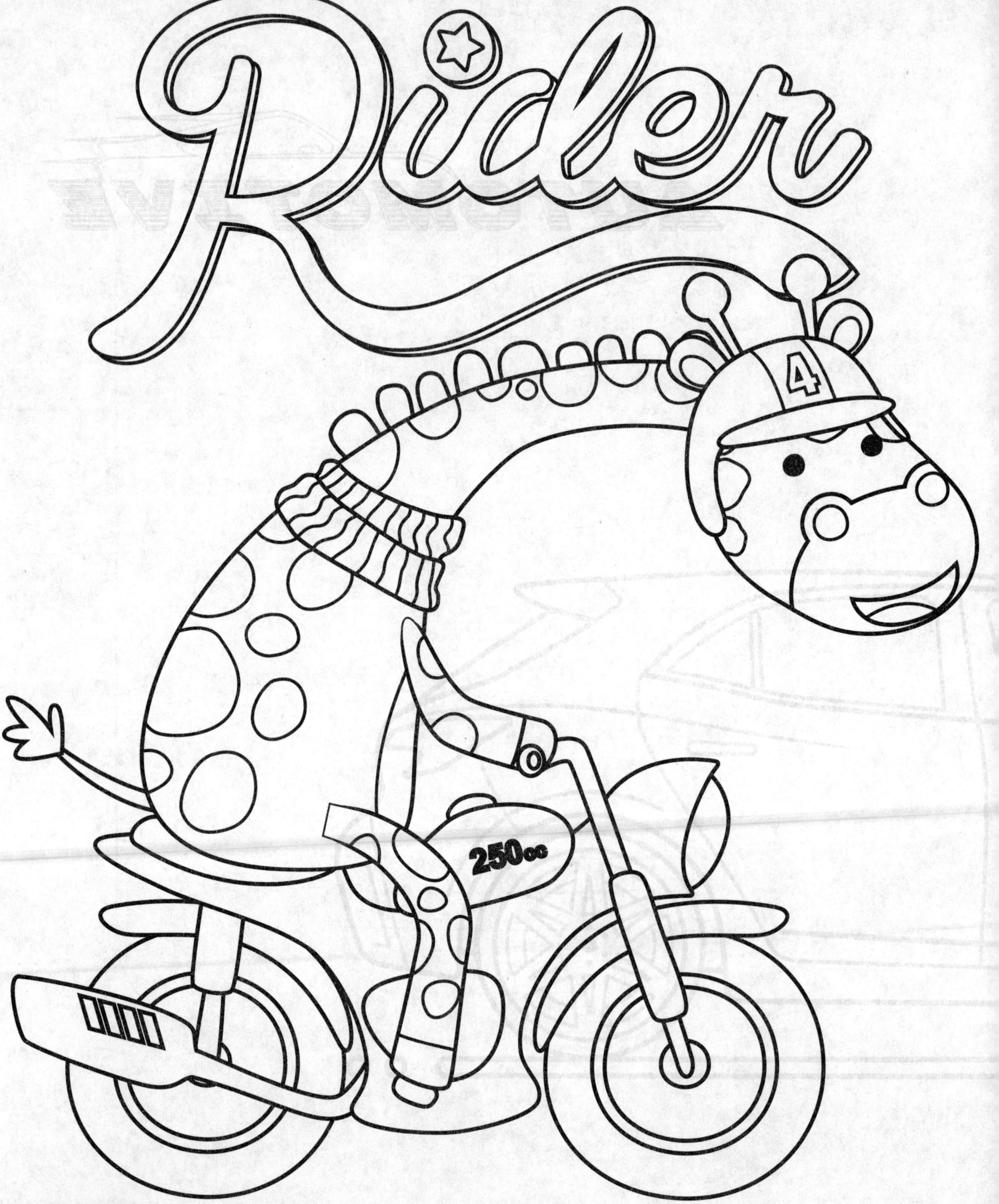

SMART COLOR

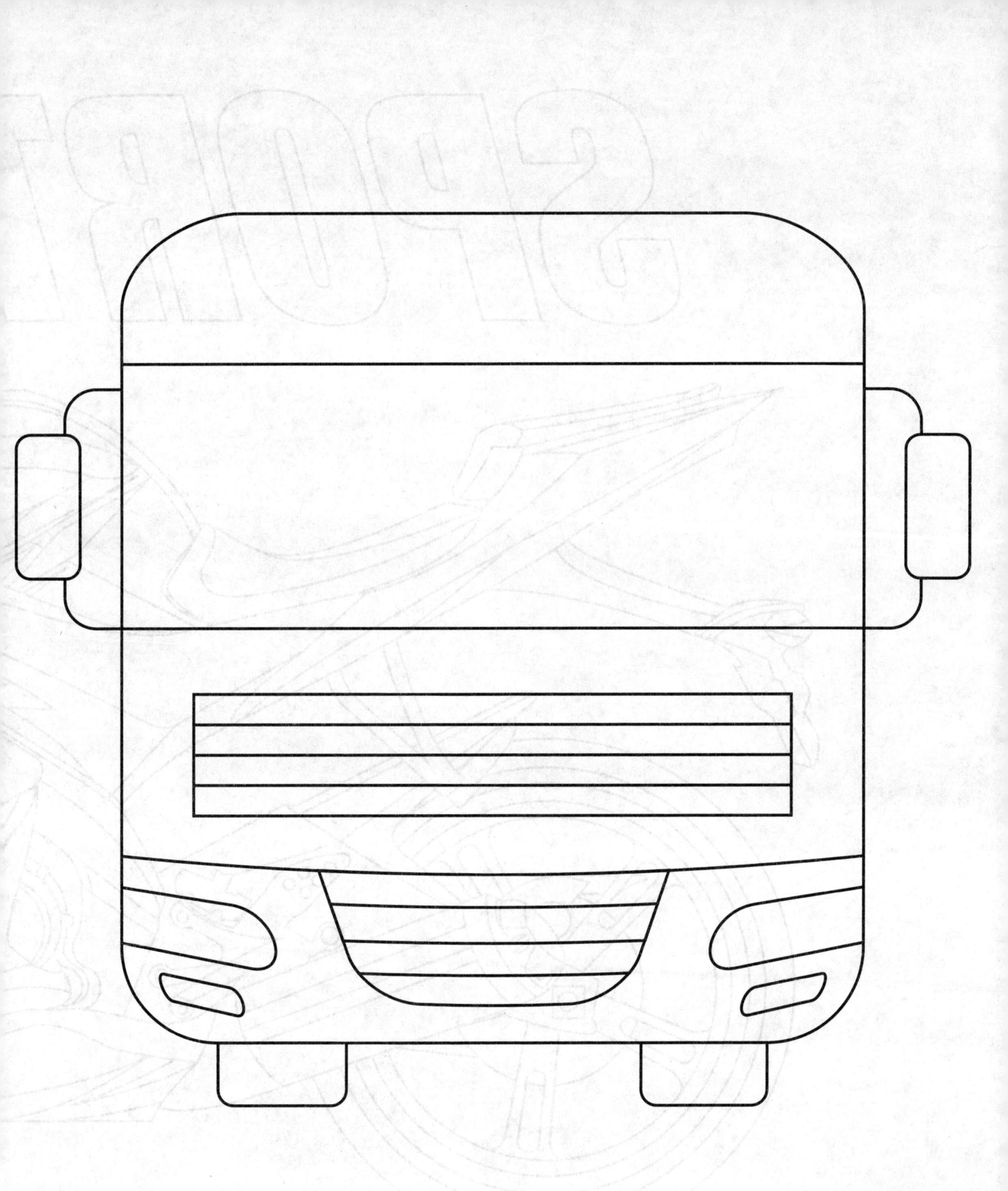

SMART
COLOR

SPORT

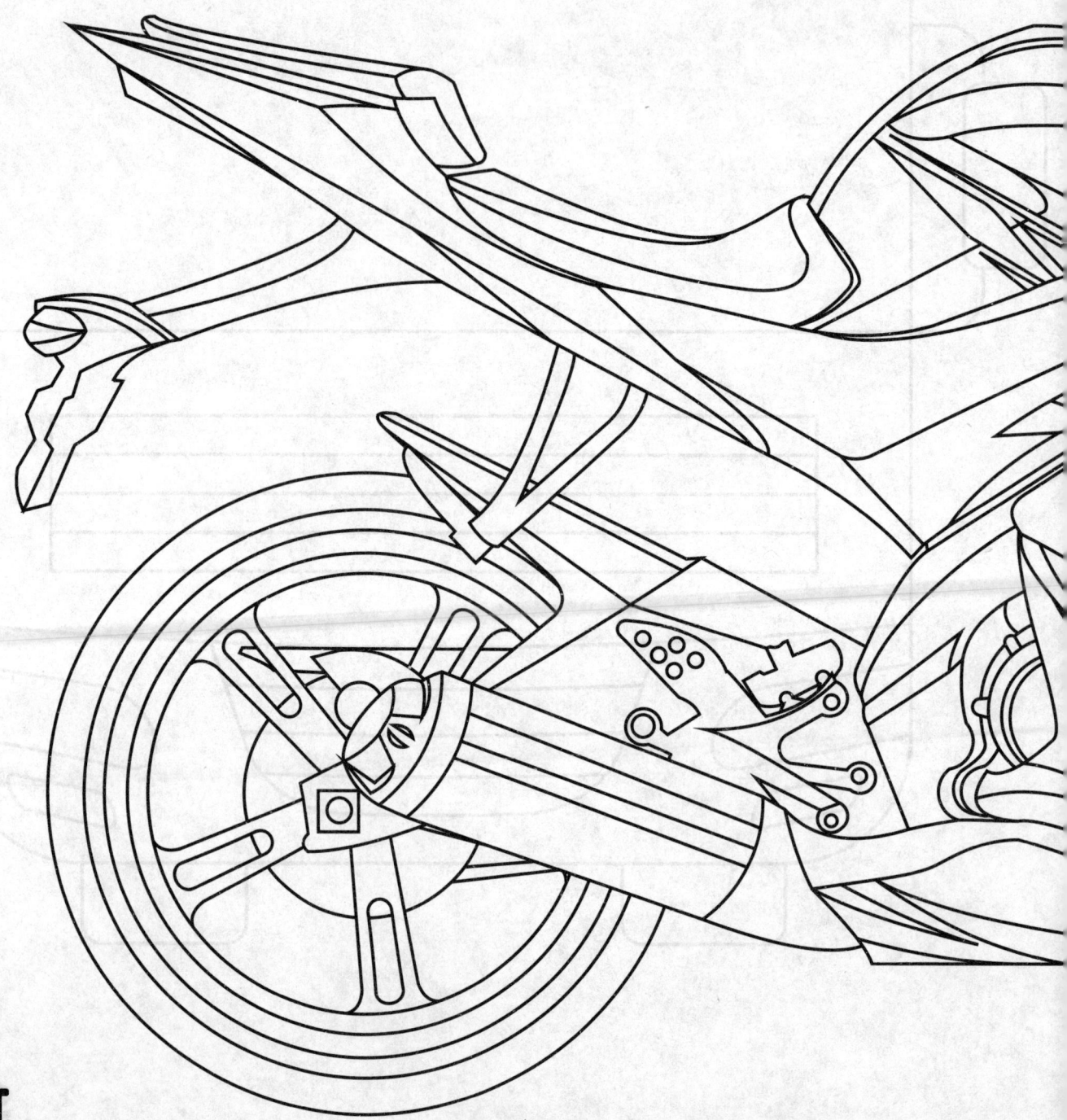

BIKE

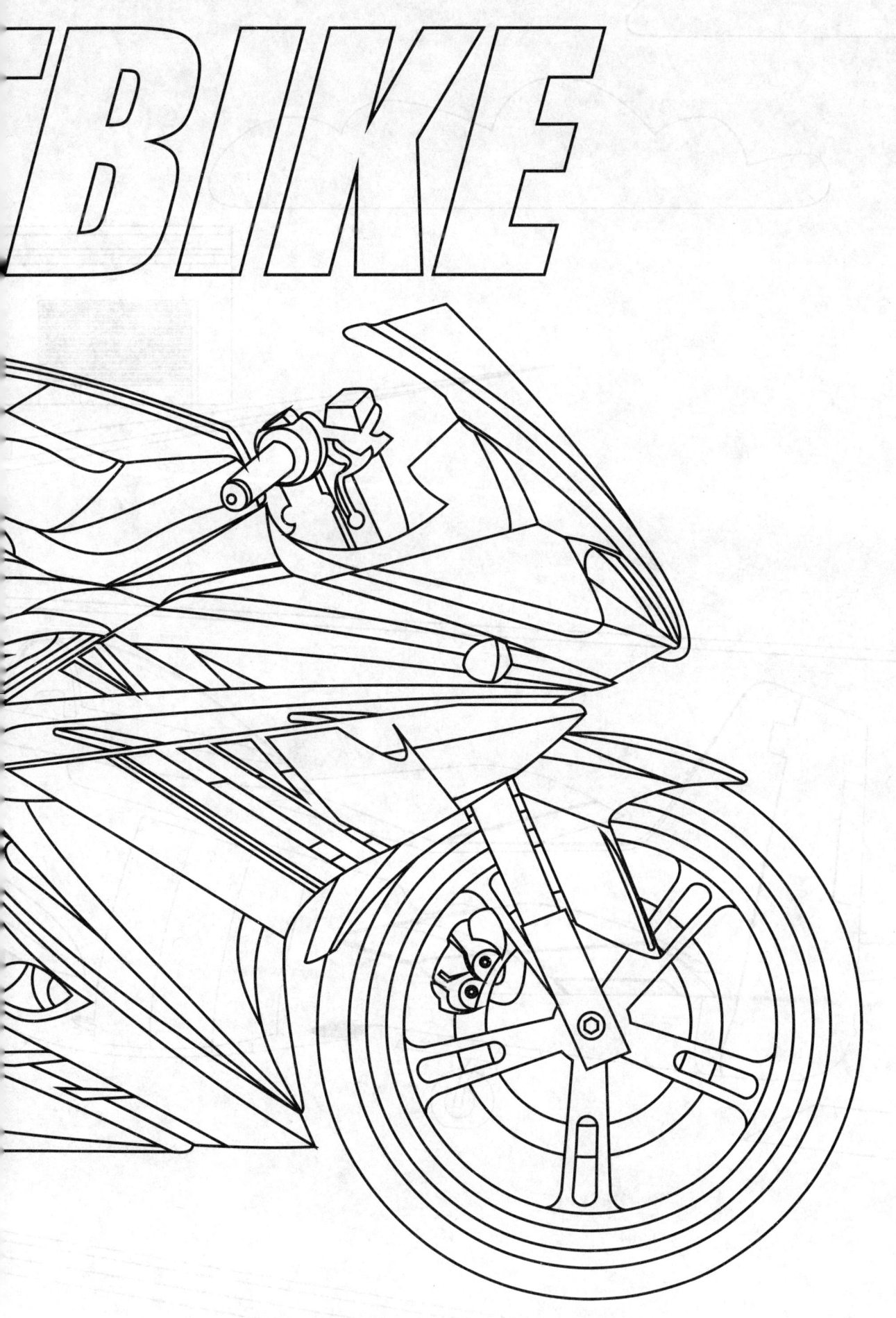

SMART
COLOR

SMART.
COLOR

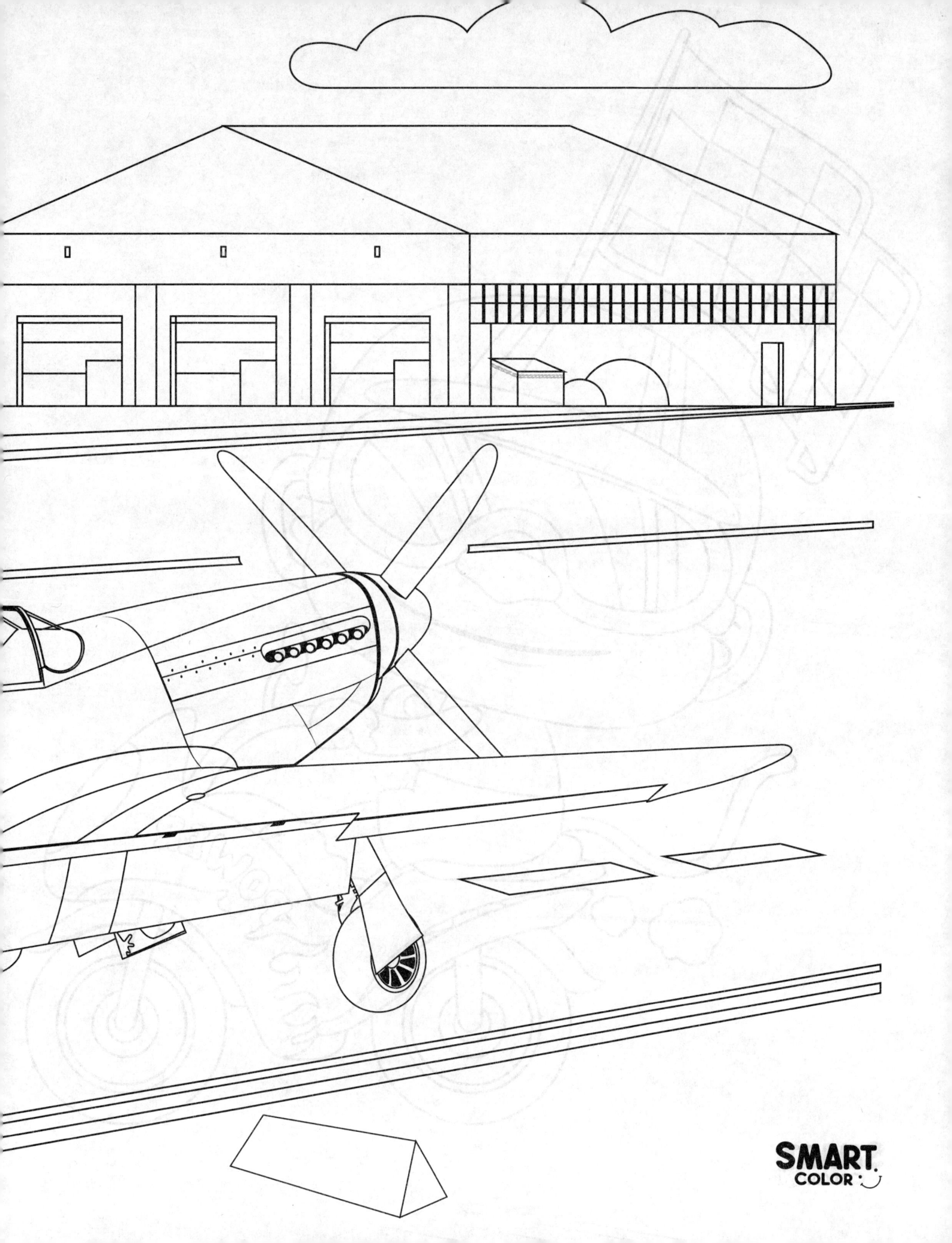

SMART
COLOR

SMART
COLOR

SMART
COLOR

SMART
COLOR

SMART.
COLOR

CAR RACE

SMART.
COLOR

SMART COLOR

SMART
COLOR

SMART
COLOR

RACE TRACK

3629
MPH

SMART COLOR

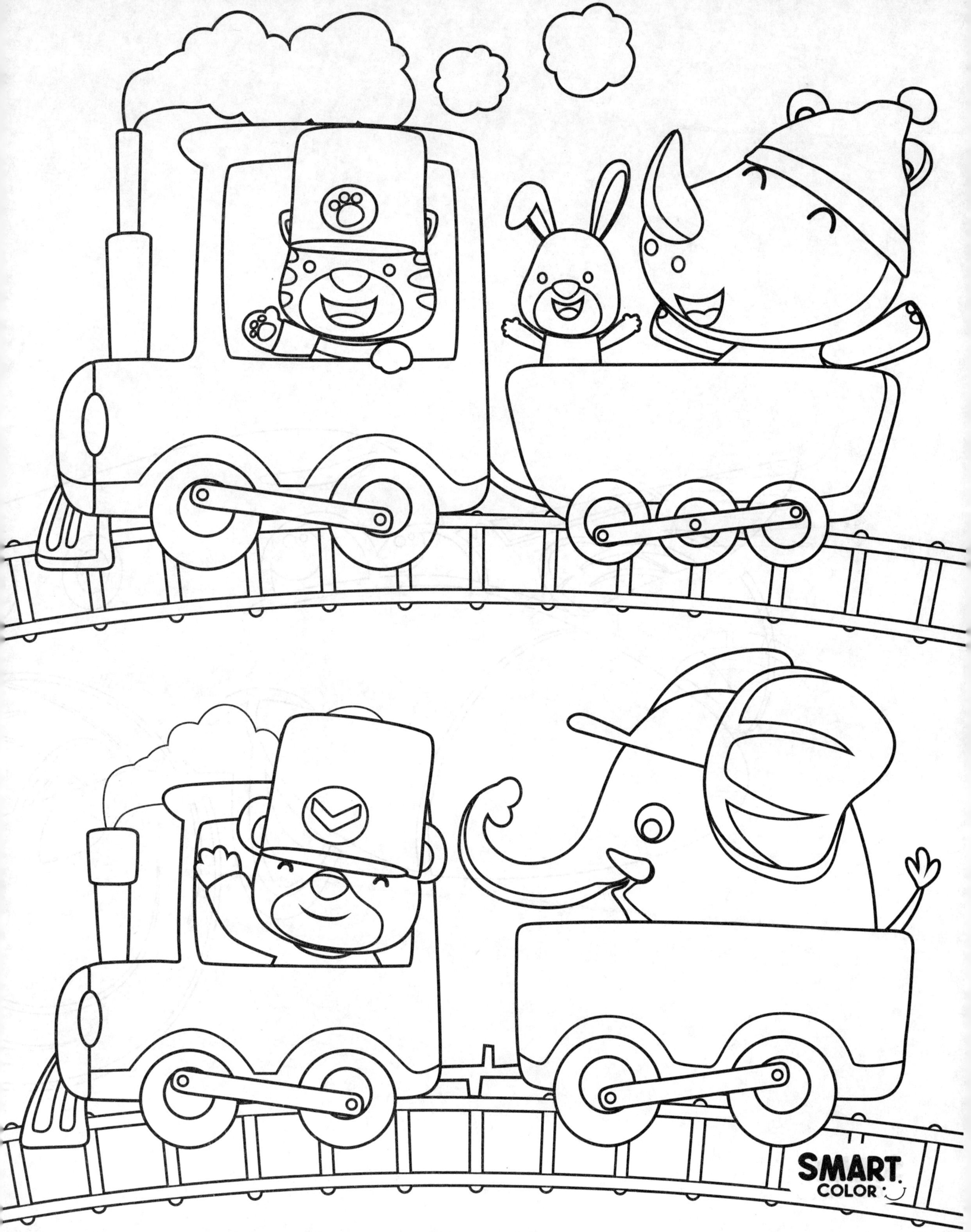
SMART
COLOR

SMART
COLOR

SMART.
COLOR

SUV

SMART COLOR

BEST PILOT

SMART
COLOR :)

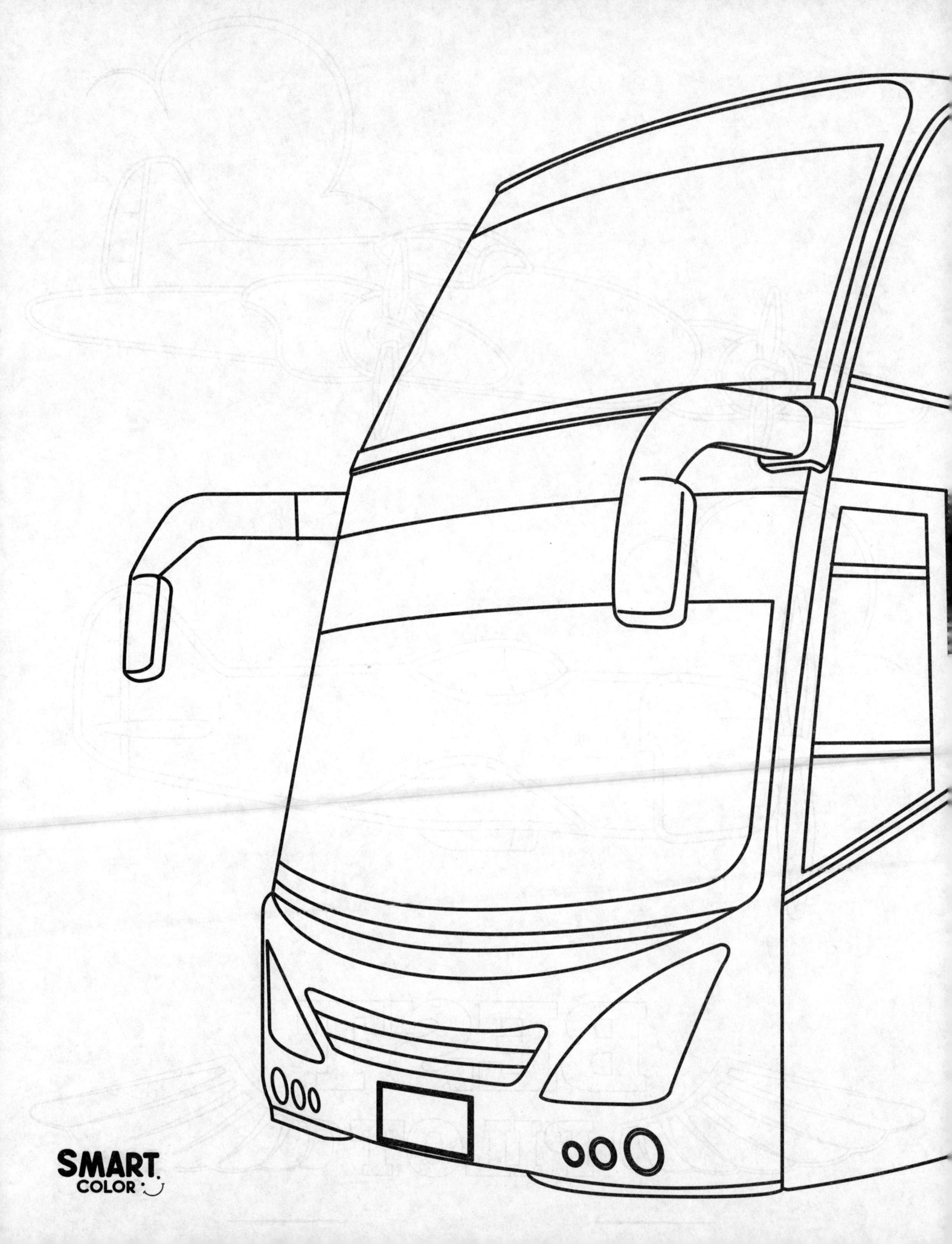

SMART COLOR

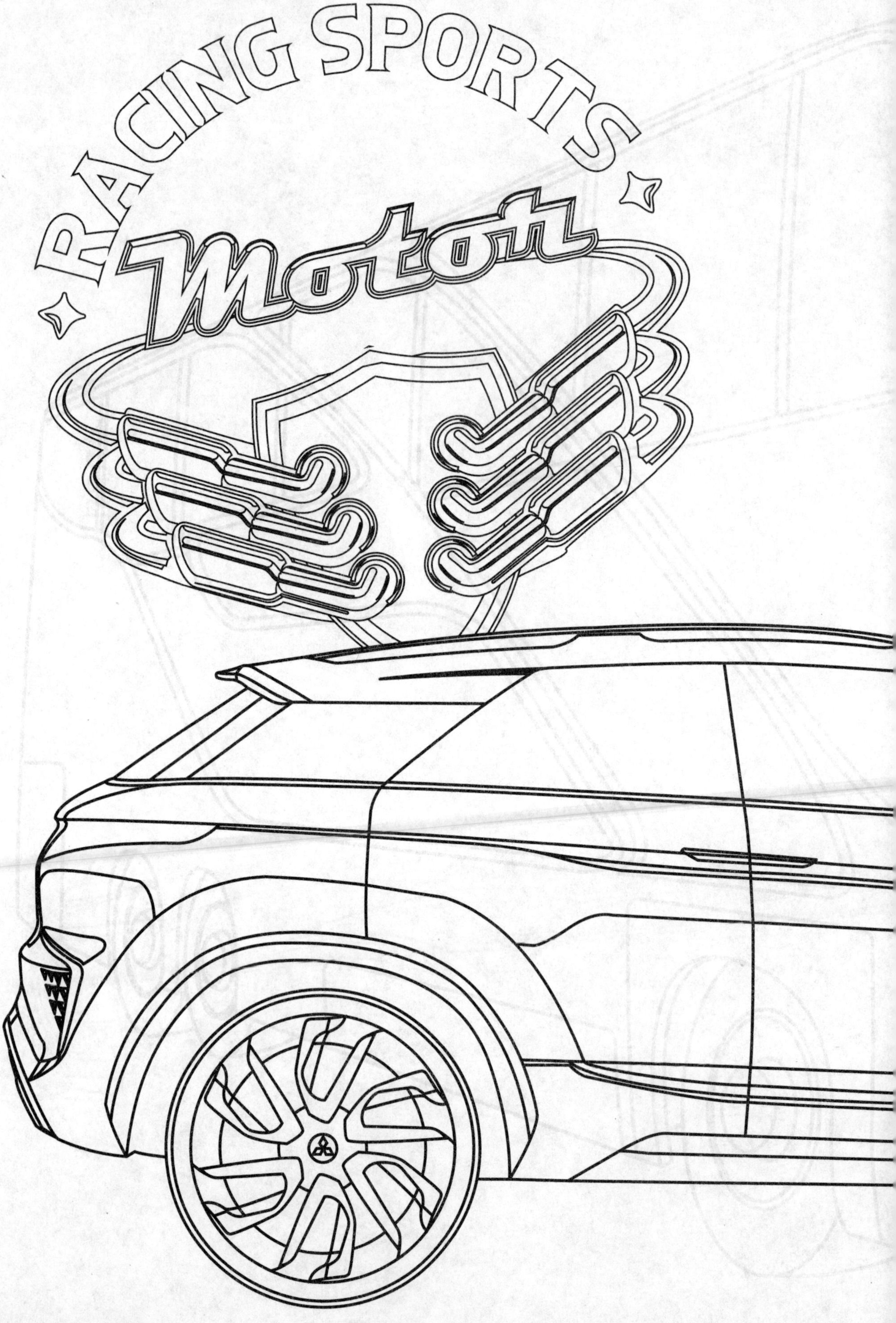

SMART. COLOR

CAR RACE

RACING

ALWAYS FIRST · 1 · **L.A.**

Motor

CHAMP
1998

SMART COLOR

VINTAGE
motorcycles racing

KARTING RACING

SMART COLOR

SMART COLOR

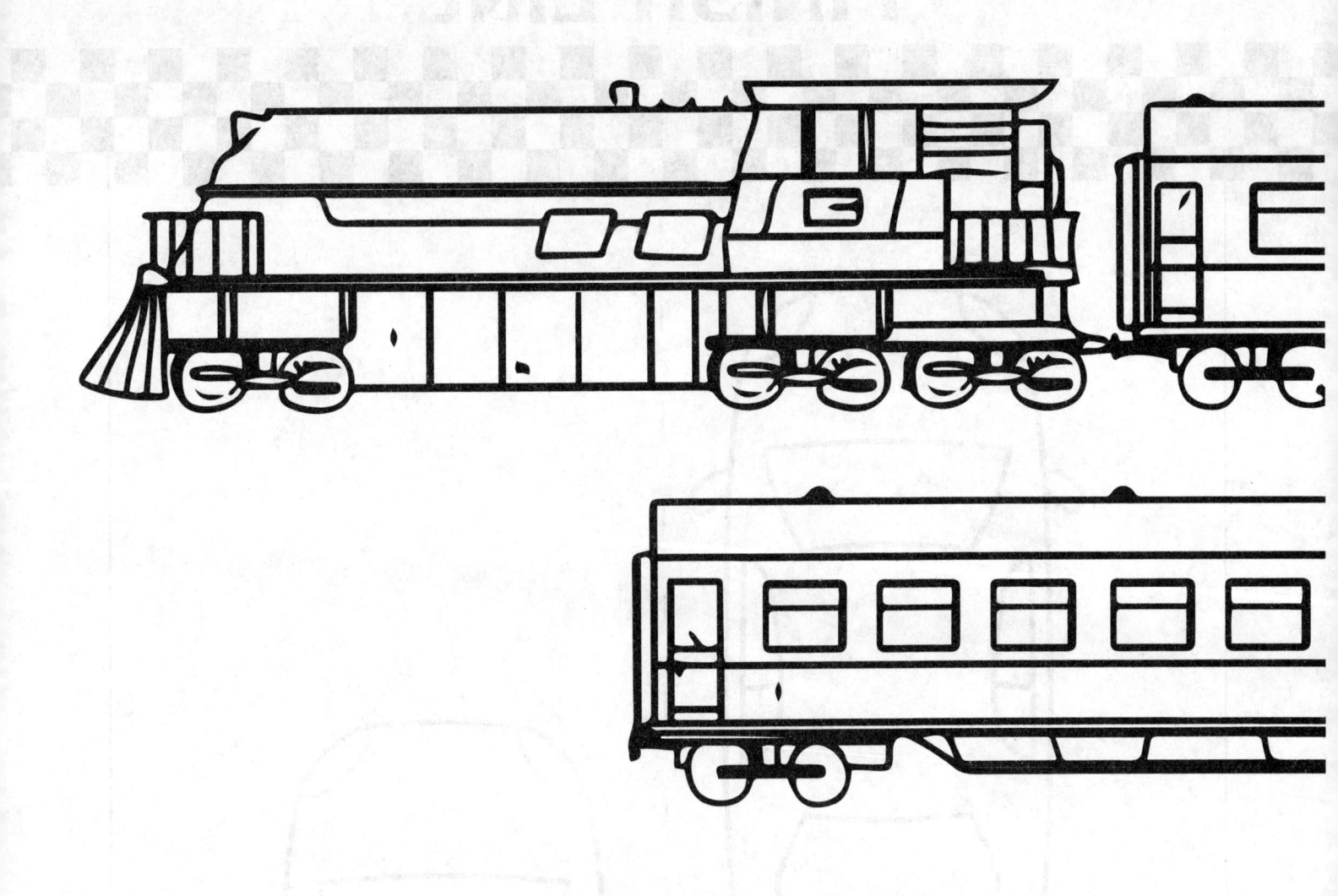

FINISH LINE

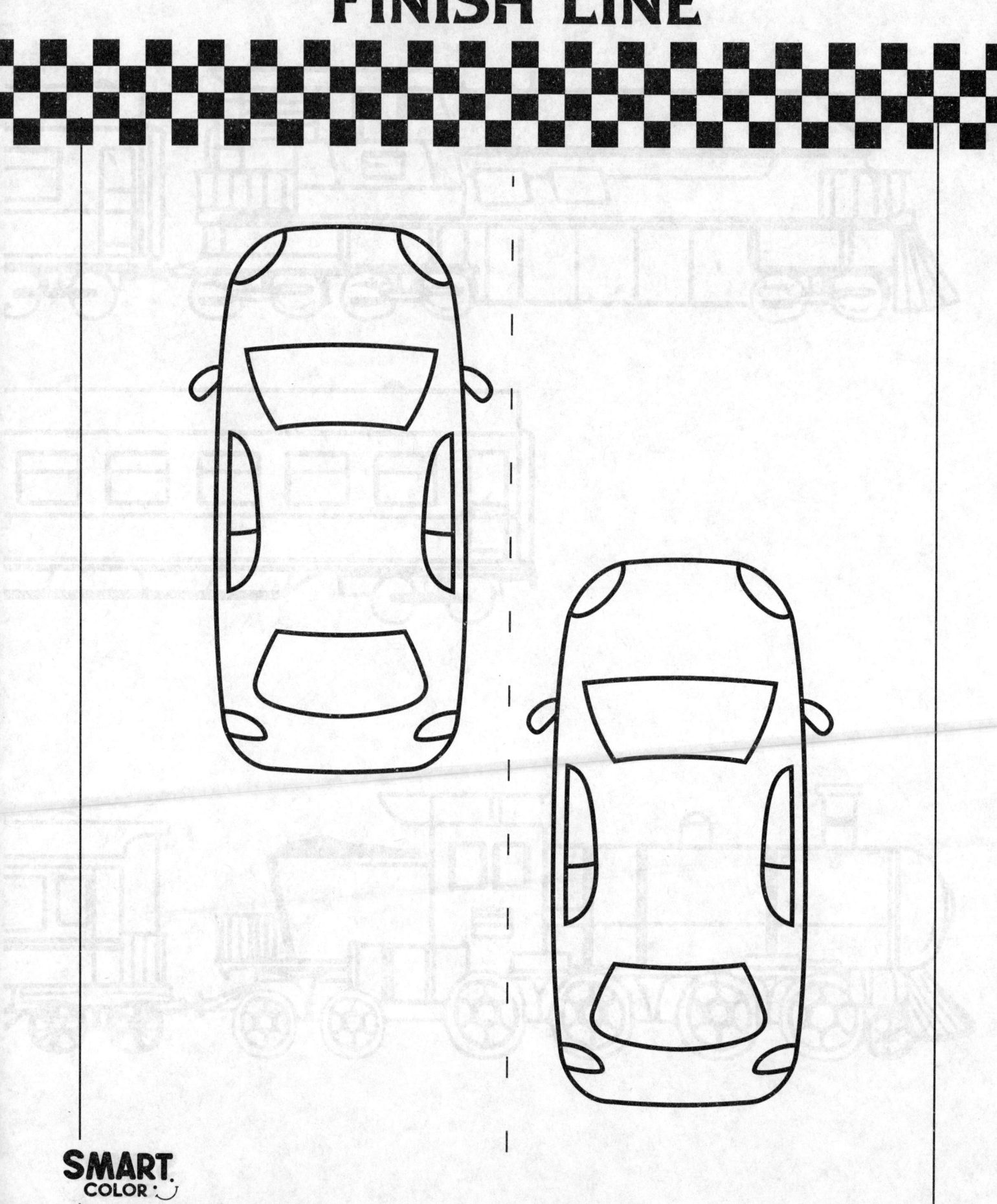

SMART.
COLOR

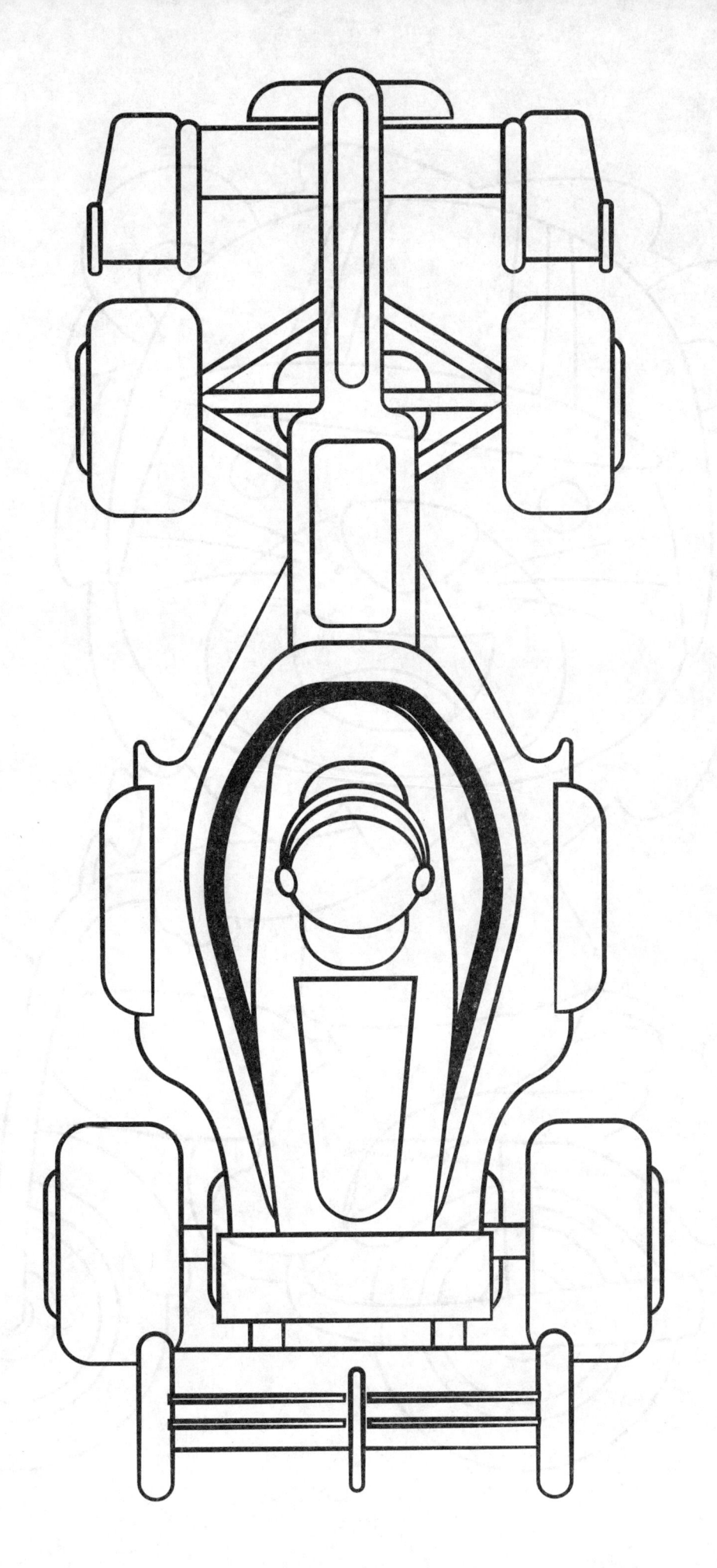

SMART
COLOR

SMART COLOR

M-15

Choo..
Choo..

SMART COLOR

SMART COLOR

WILD life

AIRPORT

SMART COLOR

SMART
COLOR

DON'T MAKE ME WALK

Aviator

AIRPLANE

WHEN I WANT TO FLY

SMART
COLOR

KART RACE

SMART COLOR

SMART
COLOR